AF357686

MADAME GIBOU

ET

MADAME POCHET,

OU

LE THÉ CHEZ LA RAVAUDEUSE,

PIÈCE GRIVOISE EN TROIS ACTES, MÊLÉE DE COUPLETS,

PAR

M. DUMERSAN;

Représentée pour la première fois, à Paris, sur le théâtre des Variétés, le 20 février 1832.

DISTRIBUTION DE LA PIÈCE :

Mme GIBOU	M. ODRY.
Mme POCHET	M. VERNET.
ADÈLE, fille de Mme Gibou	Mlle MARCHETTI.
PALMYRE, fille de Mme Pochet	Mlle CÉLINE CAYOT.
JOSSE, dégraisseur	M. CAZOT.
THOMAS, son fils, sous les noms d'ADOLPHE et d'ALFRED	M. DAUDEL.
Mme BONVIVANT, laitière	Mlle FLORE.
Mme CACAO, épicière	Mlle CHALBOS.
JOSÉPHINE, cuisinière	Mlle AUGUSTINE.
LECOQ, mari d'Adèle Gibou	M. ADRIEN.
Un GARÇON PATISSIER	M. BOUGNOL.
Un JEUNE HOMME.	
Un JOUEUR DE FLAGEOLET.	
VOISINS, VOISINES.	

La scène est à Paris, dans un faubourg.

ACTE PREMIER.

Place publique ; à gauche du spectateur, la boutique de l'épicière.

SCÈNE I.

Mme BONVIVANT, assise au coin, à droite, entourée de ses pots au lait ; PLUSIEURS FEMMES se faisant servir ; JOSÉPHINE*.

JOSÉPHINE, un panier sous le bras.

Bonjour, la laitière.

* On a observé, dans l'impression, l'ordre des places des personnages, en commençant par la gauche des spectateurs (ce qui est la droite des acteurs). Les changements de places sont indiqués par des renvois au bas des pages.

MADAME BONVIVANT.

Bonjour, mam'selle Joséphine.

JOSÉPHINE.

M'avez-vous gardé ma crème ? Ah ! la voilà.

MADAME BONVIVANT.

Non, c'est la cruche à mame Pochet ; elle est en retard ce matin, ça m'étonne.

JOSÉPHINE.

Elle était de noce hier.

MADAME BONVIVANT.

Tiens ! la noce de qui donc ?

JOSÉPHINE.

La noce de mademoiselle Gibou, la fille de la fruitière.

MADAME BONVIVANT.

Bah! c'te petite Gibou, la v'là donc mariée, qui faisait la bégueule dans la boutique d' sa mère, au milieu des légumes! Et qu'est-ce qu'elle a épousé? sûrement pas grand'chose.

JOSÉPHINE.

Eh ben! elle a épousé le petit Lecoq, un marchand de volailles ambulant, qui vient chez nous apporter des lapins.

MADAME BONVIVANT.

Air du vaudeville de la Famille du Porteur d'eau.

Un marchand.d' volaille ambulant ?
La pauvr' femm'!... je suis sûr qu'ell' bisque.
C'n'est pas ell' qu'on doit plaindr' pourtant,
C'est son mari qui court tout l' risque...
Sa femme a de belles façons ;
Lui, pour son état, faut qu'il roule !
Et loin d' sa moitié, j'en réponds ,
Quand il va vendre ses dindons,
Il doit avoir la chair de poule. (bis.)

Y m' semblait lui avoir entendu parler d'un beau jeune homme qu'elle avait fait la connaissance au bal de Tivoli?

JOSÉPHINE.

Bah! est-ce qu'on épouse les connaissances qu'on fait dans ces endroits-là? Enfin la v'là mariée... Ils ont fait une noce de grand genre, chez un rôtisseur, avec des toilettes à faire peur. Mam'selle Pochet avait des bas à jour et un chapeau en papier qu'on aurait juré d' la paille de riz. Mam'selle Pochet en chapeau! je n' désespère pas d'en porter aussi bientôt.

MADAME BONVIVANT.

Si vous serviez chez un garçon ou chez un veuf, ça pourrait bien vous arriver. Mais, tenez, vous parliez d'un beau jeune homme qui faisait la cour à mam'selle Gibou, c'est-y pas lui qui sort de c'te maison de jeu clandestine qui vient de s'établir dans votre voisinage?

JOSÉPHINE.

Ça, c'est un jeune homme qui fréquente mam'selle Pochet : il attend tous les jours pour lui donner le bras, quand elle s'en va à son école de danse.

MADAME BONVIVANT.

Ça n'est pas une raison, par le temps qui court : les jeunes gens en courtisent bien deux à-la-fois.

JOSÉPHINE.

Gardez-moi toujours ma crème; je vais à la boucherie.

SCÈNE II.

THOMAS, Mme BONVIVANT.

THOMAS.

Non, décidément je ne jouerai plus: je vais rentrer chez mon père, me marier s'il l'exige. J'ai du malheur au jeu, je serai heureux en femme.

Air de Jadis et Aujourd'hui.

Je suis la méthode commune,
Lorsqu'enfin il faut réfléchir ;
Quand les plaisirs et la fortune
Ont fui pour ne plus revenir;
Enfin , quand tout nous désespère,
Que rien ne peut nous égayer,
On court se j'ter à la rivière ,
Ou bien on va se marier.

Qu'est-ce qui me manque pour réussir dans le monde? c'est de l'aplomb, car j'ai toutes les dispositions possibles ; mais je n'ai pas cette présence d'esprit, cette réplique instantanée qui impose au vulgaire : ce sera cause que je serai obligé de me restreindre dans une sphère étroite. Cependant mon ame généreuse bondit dans mon sein! elle frémit d'indignation à la pensée de me renfermer dans la boutique de dégraisseur de mon père. Fatalité! qui m'as fait naître entre une cuve de teinture et une pierre à détacher! Bornons donc notre ambition. — Je vais boire un peu de lait... Laitière, donnez-moi du lait.

MADAME BONVIVANT.

Dans quoi?

THOMAS.

Dans un couvercle. Voilà un mois que je n'ai vu cette petite Gibou, la fille de la fruitière, qui me prend pour un riche capitaliste... Je n'ai plus qu'un sou... Allons la revoir, et, ma foi, si elle me parle encore de mariage... Mais j'aperçois madame Pochet, dont j'adore aussi la fille, la charmante Palmyre. Je me suis donné à elle pour un artiste à réputation; tenons-nous un peu à l'écart.

(Il se place derrière la laitière, boit le lait que madame Bonvivant lui a versé dans le couvercle d'un pot, et s'éloigne.)

SCÈNE III.

Mme POCHET, Mme BONVIVANT.

MADAME POCHET.

Je m'ai levé plus tard que d'ordinaire ; quand on n'est pas accoutumée à faire des excès, la moindre des choses vous dérange ! Bonjour, la laitière ; m'avez-vous gardé mon petit pot de crème? Ah! Dieu! si ma fille Palmyre n'avait pas sa crème, quel train qu'elle me ferait ! Dites donc, je dois avoir bien mauvaise mine ? je suis pâle, j'ai les yeux battus, n'est-ce pas ?

MADAME BONVIVANT.

Oui, vous n'êtes pas fraîche à c' matin.

MADAME POCHET.

Je l' crois ben!

Air de M. Charles Plantade.

J'n'en peux pus ! c'te gueus' de mariage
M'a cassé les jamb's et les bras.
Danser tout' la nuit, à mon âge,
L'lendemain on n' peut pus faire un pas

Mais j' m'en suis donné-z-un' fièr' bosse,
J'ai bu comm' quequ'un qu'a l' moyen.
  Ah! qu' c'était bien ! (*bis*.)

Dieu! laitière, que c'était bien !

  Quel plaisir d'aller à la noce ,
  Sur-tout quand il n'en coûte rien !

MADAME BONVIVANT, se levant et s'approchant d'elle.

La noce à la fille à madame Gibou, n'est-c'
pas ?

MADAME POCHET.

Oui, mon enfant...

Même air.

Faut qu' mam' Gibou soit généreuse
Pour donner un pareil repas ;
La pauvr' fill' mérit' d'être heureuse,
Ou ben c'est qu' je n' m'y connais pas...
Jusqu'aux orang's dans son écosse,
Au dessert il ne manquait rien ;
  Ah! qu' c'était bien ! (*bis*.)

On peut dire que c'était un repas bienfaisant
en légumes, salade et toute sorte de fricot; c'é-
tait vraiment un lusque asmatique.

  Quel plaisir d'aller à la noce ,
  Sur-tout quand il n'en coûte rien* !

MADAME BONVIVANT.

Je vous crois bien... Et quand est-ce que
nous irons à celle de mam'selle Pochet? car
j'espère que vous m'inviterez.

MADAME POCHET.

Comment donc ! laitière, avec plaisir ; je n'ai
pas oublié qu' vous m'avez invitée à vos ven-
danges à Clignancourt. Je m'y suis même bien
amusée, le vin doux m'a donné la colique...
Dieu! qu' nous avons ri ! j' n'en pouvais pus le
lendemain, comme aujourd'hui pour la noce
de mam'selle Gibou ; mais bah ! faut prendre
son plaisir quand on l' trouve.

MADAME BONVIVANT.

Eh ben ! dépêchez-vous donc de la marier,
c'te jeunesse.

MADAME POCHET.

C' n'est pas qu'on m' l'a déja bien d' mandée ;
mais c'est plus difficile que l'on n' croit, sous
l' rapport du pécuniaire. Ma fille a du talent,
d' la conduite ; mais ils demandent tous com-
bien qu'elle a de dot.

MADAME BONVIVANT.

Qui donc qui vous d' mande ça ?

MADAME POCHET.

Tous ces monstres d'hommes !

MADAME BONVIVANT.

Il faut donner votre fille à un bon ouvrier,
un homme qu'ait un état, qui travaille pendant
qu' sa femme tiendra l' ménage.

MADAME POCHET.

Comment, vous voudriez que j' donne ma
Palmyre à un ouvrier, un homme du commun,
un' fille qui danse comme un poisson ! qui
postume pour la grande Opéra ! J'espère ben

* Ces couplets sont empruntés à la chanson de M. Jaime.

qu'elle y débutera cet hiver, et là sa fortune s'ra
faite.

MADAME BONVIVANT.

Bien, bien ! je vous entends. On ne fait pas
dans c' pays-là des mariages trop catholiques,
par exemple.

MADAME POCHET.

Pourquoi donc ça? on a vu des danseuses
épouser des seigneurs, des ambassadeurs, et
même des milords anglais.

MADAME BONVIVANT.

Les épouser ?

MADAME POCHET.

Eh quoi donc ?

MADAME BONVIVANT.

Au surplus , ça n' me regarde pas ; ce que
j'en dis, ce n'est pas qu' j'en parle.

MADAME POCHET, avec humeur.

Dites donc, la laitière, vot' lait est ben clair
d' puis quequ' temps, et puis il tourne ; ça vous
fera perdre vos pratiques.

MADAME BONVIVANT, en colère.

Ça n'est pas vrai ! mon lait n'est pas farlaté,
il est naturel ; vous êtes une mauvaise langue.

MADAME POCHET.

La vôtre est p't-être bonne ?

MADAME BONVIVANT.

Pourquoi que vous méprisez mon lait ?

MADAME POCHET.

Pourquoi qu' vous critiquez ma fille ? Chacun
fait valoir sa marchandise.

MADAME BONVIVANT.

Allez, allez, mam' Pochet, la critique ne fait
rien à ceux qui n' la méritent pas : ma crème se
soutiendra toujours, et j' vous conseille d' faire
attention à votr' Palmyre ; y n' faut pas vouloir
s'élever plus haut qu' sa condition ; le lait qui
bout trop passe par-dessus les bords, et la vertu
des filles fait d' même.

MADAME POCHET, s'animant.

Voyez-vous, une paysanne de campagne qui
veut en remontrer à une femme comme moi ,
une Parisienne, Jeanne-Marie-Dorothée Pochet, née native d' la pointe Saint-Eustache !
allez donc garder vos vaches !

MADAME BONVIVANT.

Et vous, gardez vot' fille !

MADAME POCHET.

Insolente !

SCÈNE IV.

Mᵐᵉ POCHET ; THOMAS, sous le nom d'ADOL-
PHE, s'avançant ; Mᵐᵉ BONVIVANT.

ADOLPHE.

Eh ! mon Dieu ! une dispute ! Qu'est-ce qu'il
y a donc, mesdames ?

MADAME BONVIVANT.

Ça n' vous regarde pas ; ét's vous sergent
d' ville ? ou donc est votre uniforme ?

MADAME POCHET.

C'est c'te femme qui se permet... Ah ! bonjour, monsieur.. Je ne me rappelle pas vot' nom. C'est vous qui nous avez payé des oranges avec ma fille l'autr' jour, au théâtre des Folies-Dramatiques ?...

ADOLPHE.

J'ai eu cet honneur-là !

MADAME POCHET.

Et qu' vous avez éu la complaisance de nous offrir vot' bras et deux places dans la *Trycique* ?

ADOLPHE.

Vous avez été assez bonne pour accepter.

MADAME POCHET.

Quand on voit qu' l'on a affaire à quelqu'un d' comme il faut... car monsieur n'a pas besoin de dire son nom pour qu'on voie tout d' suite qui qu'il est.

ADOLPHE.

Je me nomme Adolphe.

MADAME POCHET.

Ah ! quel nom ! quel joli nom ! Adofe ! Dieu ! que j' s'rais contente, si ma fille se marie jamais, qu'ell' s'appellerait mame Adofe !

ADOLPHE.

Je suis bien flatté, madame, que mon nom soit à votre goût.

MADAME POCHET.

C'est comm' le mien , je ne le chang'rais pas contre bien d'autres. Veuve Pochet : comme c'est doux à prononcer !

ADOLPHE.

C'est délicieux ! mais , madame Pochet, l'autre jour vous m'avez assez cruellement fermé votre porte.

MADAME POCHET.

J' crois bien, il était ménuit ; ces mélodrames finissent d'un tard... Eh ben ! je n' sais pas, ça n' m'amuse plus autant depuis qu' tout l' monde s'en mêle. Tenez, je crois que le bon temps du mélodrame est passé.

ADOLPHE.

Que non ! que non !

MADAME POCHET.

Ah ! que si ! que si ! Oùsqu'est l' temps où on jouait *Coélina ?* voilà des pièces , à la bonne heure.

ADOLPHE.

Comment que vous dites ça ?

MADAME POCHET.

Coélina.

ADOLPHE.

Coelina ?

MADAME POCHET.

Coélina, ou l'Enfant du Ministère, à l'ancien Ambigu.

ADOLPHE , riant.

Oh ! oh ! oh ! *Coélina !*

MADAME POCHET.

Est-ce que c'est *Coelina* qu'on dit ?

ADOLPHE

C'est ni ço ni co.

MADAME POCHET.

Ni ço ni co ?

ADOLPHE.

C'est çœ.

MADAME POCHET

Comment que j'cesse ?

ADOLPHE.

C'est pas ça que je veux dire, c'est *Cœlina.* Enfin n'importe ; maintenant qui fait grand jour, est-ce que vous me refuserez la faveur de vous faire ma visite ?

MADAME POCHET.

Jeune homme, vous êtes joli, vous êtes aimable, et j'aurais trop d' peur que ma fille ne s' prenne pour vous, vu qu'elle est très sensible.

ADOLPHE.

Ah ! madame ! une alliance avec votre charmante demoiselle comblerait toutes mes espérances de bonheur. (A part.) Je mens très joliment !

MADAME POCHET.

Oui, je le crois sincèrement, mais il faudrait qu' vot' famille y *consentasse.* Aux apparences , vous semblez appartenir à des gens cossus ; vos estimables parents, dans quelle partie qu'ils sont ?

ADOLPHE.

Mon père est un riche banquier qui n'estime point l'argent.

MADAME POCHET.

C'est extraordinaire.

ADOLPHE.

Pour lui, les vertus, le mérite et le talent sont tout.

MADAME POCHET.

Il est sûr de trouver ça chez nous.

ADOLPHE.

Mon père sacrifierait tout pour son Adolphe.

MADAME POCHET.

Comme moi pour ma Palmyre. Jeune homme, d'après les renseignements que je viens d' prendre, je vois que vous pouvez nous fréquenter ; je donne à c' soir un' soirée : c'est un repas de noce que je rends ; il y aura une assez jolie société : si vous voulez m' faire l'honneur d'accepter-z-une invitation , voilà mon adresse. (Elle lui donne un billet de loterie.) C'est tout près d'ici, dans l'allée de l'épicière.

ADOLPHE , lisant.

Loterie de France...

MADAME POCHET.

Ah ! j' m'ai trompé ; c'est une gueuse d'ambre que je nourris depuis bien long-temps : elle m'a déjà bien mangé d' l'argent.

(Elle lui donne une carte.)

ADOLPHE , lisant.

« Madame veuve Pochet raccommode les « bas de soie et de *fine oseille ;* sa fille, élève

« du Conservatoire pour la danse, donne des
« leçons chez elle, au mois et au cachet. » Ah!
j'irai en prendre.

MADAME POCHET.

Lisez donc jusqu'au bout.

ADOLPHE, lisant.

« Aux jeunes demoiselles seulement. Elle va-
« t-en ville. »

MADAME POCHET.

Chez les jeunes demoiselles seulement.

ADOLPHE.

C'est très bien rédigé.

MADAME POCHET.

C'est ma fille qui a *digéré ça*. Vous voyez
qu'elle est artisse, et qu'il n'y aurait pas de dés-
honneur pour monsieur votr' cher père de s'al-
lier-z-à nous.

ADOLPHE.

D'ailleurs, ce bon, cet excellent père... (*L'a-
percevant.*) Dieu! le voilà lui-même! Il y a huit
jours que je n'ai couché à la maison! gare la
bombe!

(*Il se sauve.*)

SCÈNE V.

Mme POCHET, M. JOSSE.

JOSSE, entrant.

En vérité, quand on est six mois sans venir
dans un quartier, on ne le reconnait plus; je
suis pourtant dans mon ancien arrondisse-
ment.

MADAME POCHET.

Eh bien! où est-il donc, ce jeune homme?

JOSSE.

Il faut que je m'informe de la maison où mon
mauvais sujet de fils vient de faire des siennes.
(A madame Pochet.) Excusez, madame; pourriez-
vous m'indiquer...? Ah! mon Dieu! est-ce que
je me trompe?

MADAME POCHET.

Qu'est-ce qu'il a donc à me dévisager comme
ça?

JOSSE.

Comme vous ressemblez à une femme que j'ai
connue!

MADAME POCHET.

Vous portez une figure que j'ai vue quequ'
part.

JOSSE.

Est-ce que vous seriez mam'selle Frémillion?

MADAME POCHET.

Comme vous dites! excepté que je suis à c'te
heure la veuve Pochet! mais je sens là une espèce
de trictrac, je vas me trouver mal. Oui, je vous
reconnais; vous êtes le petit Symphorien Josse
qui me faisait la cour chez la ravaudeuse oùsque j'étais en apprentissage!

JOSSE, la soutenant.

Dorothée!

MADAME POCHET.

Symphorien!

JOSSE.

Comme on se retrouve!

MADAME POCHET.

Quelle drôle de chose que l'hasard!

JOSSE.

Il y a long-temps de ça.

MADAME POCHET.

Oui, infidèle, vous m'avez plantée là pour
vous marier.

JOSSE.

Ah! dame! les amours doivent céder le pas à
la raison. M. Safran, mon bourgeois, n'a of-
fert son fonds de dégraisseur avec la main de sa
fille; j'ai pensé au solide.

MADAME POCHET.

Et vous l'avez épousée par intérêt? Je ne suis
pas comme vous, moi! j'ai épousé mon pauvre
Pochet par amour.

JOSSE.

Vous vous êtes donc mariée aussi?

MADAME POCHET.

Ah! par exemple! c'te farce! fallait-il pas
me faire r'ligieuse? M. Pochet était maître de
danse, il tenait un bal le dimanche, et faisait
des élèves en ville dans la semaine: c'était un
petit homme pas plus haut que ça, mais bien
pris dans sa petite taille. Il n'avait que le dé-
faut d' boire un peu, de jouer quequ'fois, et de
manger tout ce qu'il gagnait; mais je peux dire
que, sauf la misère, j'ai-z-été bien heureuse
avec lui.

JOSSE.

C'est comme moi, avec madame Josse: elle
était bien un petit peu hargneuse, jalouse
comme le diable, mais du reste... et, depuis
qu'elle est morte, c'est bien la meilleure femme
du monde.

MADAME POCHET.

Tiens! qu' c'est cocasse! nous v'là veuves
tout's les deux.

JOSSE.

Comme vous dites...

MADAME POCHET.

Et libre de nos actions!

JOSSE.

Absolument.

MADAME POCHET.

Eh ben! si on voulait pourtant, nous v'là
comme quand nous étions, moi fille et vous
garçon

JOSSE.

Excepté que j'en ai un, de garçon.

MADAME POCHET.

Et moi-z-une de fille. Dit's donc, puisque nous
n' nous sommes pas mariés, ça s'rait gentil d'
marier nos enfants!

JOSSE.

L'idée est bonne; avec ça que mon fils est
un peu conteur.

MADAME POCHET.

Pardin', il a de qui tenir; vous étiez un fier libertin : vous avez eu une jeunesse, mon cher, que si on n'avait pas pris garde... J'ai su de vos nouvelles avec la p'tite Glandureau.

JOSSE.

Ah! qu'elle était gentille! Je me suis ruiné pour ce petit masque.

MADAME POCHET.

Oui ; c'est ça qu' vous étiez bien généreux !

JOSSE.

Qu'est-ce qu'elle est devenue ?

MADAME POCHET.

Mauvais sujet; elle s'est mariée, elle a épousé l' vieux père Gibou, le fruitier, et elle est veuve aussi !

JOSSE.

Il y a donc une bénédiction pour les veuvages !

MADAME POCHET.

Elle a fait un bon mariage; feu Gibou lui a laissé des écus et un' bonne boutique; elle vient d'marier sa fille Adéle ; j'ai-z-été hier à la noce, et j' veux leu-z-y rendre ce soir. Pardienne, faut que j' vous fass' retrouver ensemble, voir si vous la r'connaiss'rez : elle est ben pus changée qu' moi.

JOSSE.

Les brunes se conservent mieux que les blondes, c'est meilleur teint.

MADAME POCHET.

Le teinturier se connaît en teint ! (Elle rit.) Eh bien ! venez donc ce soir, nous rirons.

JOSSE.

J'aime à rire.

MADAME POCHET.

Vous verrez comme ma fille est bien élevée! comme elle a du talent! C'est la douceur incarnée, la politessse en mignature.

∞∞∞∞∞∞∞∞∞∞∞∞∞∞∞∞∞∞∞∞∞∞∞∞∞∞∞∞∞∞∞∞∞∞∞∞∞∞

SCÈNE VI.

LES MÊMES ; PALMYRE, un cahier de musique sous le bras.

PALMYRE, avec humeur.

Eh bien ! maman, qu'est-ce que vous faites donc dans la rue ? ça a-t-il le sens commun, de me faire attendre comme ça mon déjeuner ?

MADAME POCHET.

Me v'là, me v'là, Palmyre ; c'est qu'...

PALMYRE.

C'est qu'... c'est qu'... vous causez comme à votre ordinaire, avec les voisins, les femmes de ménage, les portières, les fruitières, les cuisinières, les épicières, les quincaillières, les bouchères, les boulangères, les laitières...

JOSSE.

Tiens ! la douceur incarnée !

PALMYRE.

C'est inconvenant.

MADAME POCHET.

Mon petit mouton...

PALMYRE.

Je suis trop bonne.

JOSSE.

Il y paraît.

PALMYRE.

De quoi vous mêlez-vous, vous, est-ce qu'on vous parle ?

JOSSE.

Excusez !

MADAME POCHET.

Ne t'emporte donc pas comme ça , Palmyre ; on va croire que tu as un mauvais caractère.

PALMYRE.

Qu'est-ce que ça me fait ?

MADAME POCHET.

Monsieur, que tu vois, est un ancien ami, que j'ai connu avant mon mariage, et qui aurait pu être ton père ! (soupirant.) si je l'avais épousé...

PALMYRE.

Comme c'est malin ! Votre servante, monsieur...

JOSSE.

Josse, pour vous servir.

MADAME POCHET.

Hein ! comme elle est vife ! c'est moi, quand j'avais son âge. Dis donc, Palmyre, monsieur Josse a un garçon.

PALMYRE.

Tant mieux pour lui.

JOSSE.

Et je vous demande , mademoiselle Pochet, la permission de vous le présenter.

PALMYRE.

Comme il vous plaira.

MADAME POCHET.

Vous voyez qu'elle fait tout c' qu'on veut...
(A sa fille.) Allons, montons à la maison, je vais te faire ton café.

PALMYRE.

Ce n'est pas la peine ; si vous croyez que j'ai attendu jusqu'à présent pour rester à jeun ! J'ai déjeuné avec le restant d'un pigeon d'hier, un brin de salade, des pommes de terre à l'huile et une petite omelette que je me suis faite.

JOSSE.

Alors vous ne mourrez pas d' faim.

MADAME POCHET.

Elle est pleine d'intelligence, elle a mangé ce que je gardais pour mon déjeuner.

JOSSE.

Ah çà , madame Pochet, j'ai quelques courses à faire... ce soir, je me rendrai à votre aimable invitation.

MADAME POCHET.

Avec votre fils?

JOSSE.

Oui , (à part.) si je le rencontre. (Haut.) Eh

bien ! je m'en vas comme un étourdi, et votre
adresse ?

MADAME POCHET.

Là, dans l'allée de l'épicière ; l'escalier est
un peu noir ; mais il y a un' corde jusqu'au
quatrième ; vous verrez mon nom sur ma porte
en blanc d'Espagne, et un morceau d'ardoise à
côté, avec un cordon d' sonnette... en ruban
de ceinture de ma fille.

JOSSE.

Au revoir, mademoiselle Pochet, je vous présente mes civilités ; sans adieu, Dorothée.

(Il sort. — Madame Pochet lui fait des mines.)

SCÈNE VII.

PALMYRE, Mme POCHET, Mme BON-
VIVANT.

MADAME POCHET.

Que j' te gronde donc, à présent. Tu ne sais
donc pas que M. Josse est un homme qu'a fait
une fortune conséquente dans son commerce,
et qu'il établira son fils avec de quoi !

PALMYRE.

Qu'est-ce que ça me fait ? vous le savez, je
ne veux me marier que par inclination.

MADAME POCHET.

Dieu ! qu' t'es romanexe ! ça n'empêche pas
d'être politique, et d' voir ce jeune homme.

PALMYRE.

Non, il n'y a que les arts qui me subjuguent.

MADAME POCHET.

Pardine, moi aussi ; si j'avais pas été ravaudeuse, j'aurais voulu être artisse.

PALMYRE.

AIR di Tanti palpiti (de TANCREDI).

Les arts sont mon espoir ;
La musique et la danse
Auront seul's le pouvoir
  De pouvoir
  M'émouvoir !
Qu'un artiste s'avance,
  Nous nous aimons ;
  De ma constance
  Je lui réponds.
  Mais qu'un banquier, (bis.)
  Pour se marier,
  Me donn' tout son bien, (bis.)
  Je ne réponds de rien.

(Point d'orgue ad libitum.)

MADAME POCHET.

Est-ce que tu as mangé toutes les pommes de
terre ?

PALMYRE.

Les arts sont mon espoir, etc.

MADAME POCHET.

Je ne veux pas te contrarier, mais il s'agit
d'un' chose ; nous avons été à la noce de mam'-
selle Gibou, je veux lui rendre son repas, quand
ça n' serait que par amour-propre... Tu vas me

faire le plaisir, en passant, d' passer chez elles,
et de les inviter pour ce soir.

PALMYRE.

Oui, maman ; (à part.) justement, j'ai affaire
par-là. (Haut.) Vous voyez comme je suis bonne
enfant.

MADAME POCHET.

T'es un ange ! (Elle l'embrasse sur le front.) Je
me mire dans mon enfant.

PALMYRE.

Mais ne causez plus comme ça dans la rue.
On me dit au Conservatoire : J'ai rencontré ta
mère une cruche à la main, qui causait avec la
laitière... C'est mauvais genre !

MADAME BONVIVANT.

Dites donc, ma p'tite, la laitière vous vaut
bien.

(Elle se lève. Palmyre se sauve.)

SCÈNE VIII.

Mme POCHET, Mme BONVIVANT, ensuite
Mme CACAO.

MADAME POCHET.

V'là tout mon monde invité ; il n'y a plus
qu'un embarras, c'est qu' je n' sais pas c' que je
leur fricotterai ; je mettrais ben un morceau
d' veau ou une épaule de mouton au four avec
des pommes de terre ; mais la bouchère est un'
canaille qui ne veut plus m' fair' crédit. (Madame Cacao paraît sur la porte de sa boutique.) Si
j' leux donnais un' collation, ça s' fait le soir
avec des pruneaux et des quatr' mendiants ! Justement, v'là l'épicière sur sa porte ; elle ne
vaut pas mieux que la bouchère et la laitière ;
c'est égal, faut que j' la consulte. Bonjour,
mame Cacao ; comment qu'ça va, mame Cacao ?
et vot' époux ? et vot' petit qu'est en nourrice...
et vot' petit chien Zémire ?

MADAME CACAO, s'avançant.

Merci, mame Pochet, ça n'va pas mal, excepté que mon mari a la goutte.

MADAME POCHET.

Tant pis, vaut mieux la boire que d' l'avoir.
(Elle rit.)

MADAME CACAO.

Mon p'tit a la coqueluche...

MADAME POCHET.

C'est-z-un malheur ; mais tout's les enfants
l'ont, c'est un' pidémie...

MADAME CACAO.

Et Zémire s'est cassé une patte.

MADAME POCHET, avec exagération.

Ah ! pauvr' petite bête ! heureus'ment qu'il
lui en reste trois.

MADAME CACAO.

Mais moi, je me porte bien.

MADAME POCHET.

Alors il n'y a pas d' mal... Dites donc, mame
Cacao, j'ai quequ' chose à vous d'mander.

MADAME CACAO.

Tant pis, car je n' donne rien.

MADAME POCHET.

C'est un conseil.

MADAME CACAO.

Ah ! tant que vous voudrez.

MADAME POCHET, riant.

Ça ne ruine pas. J'ai du monde ce soir pour une soirée que je veux donner, et je ne sais quoi faire.

MADAME CACAO.

Voulez-vous que ce soit dans le bon genre ?

MADAME POCHET.

Certain'ment ; et même si vous vouliez, mame Cacao, m' faire le plaisir d'en être, nous rirons ; il y aura des jeunes gens, on fera des jeux innocents, et le petit voisin de dessus mon carré nous fera danser avec son flageolet.

MADAME CACAO.

Pas de refus, mame Pochet ; je n'haïs pas la société. Eh bien ! je vous conseille de donner un thé.

MADAME POCHET.

Quequ' c'est que ça , un thé ?

MADAME CACAO.

C'est à l'anglaise.

MADAME POCHET.

Je n' connais pas ça ; c'est-y écolomique ?

MADAME CACAO.

Oh ! oui, par exemple : pour six sous vous pourrez en faire trois ou quatre pintes.

MADAME POCHET.

Trois ou quatre pintes ! ça fait joliment mon affaire ; comment qu' ça se fait ?

MADAME CACAO.

Avec de l'eau bouillante, tout bonnement. (A la cantonade.) François, apportez à mame Pochet pour six sous de thé. (A madame Pochet.) Vous servez ça dans des tasses, bien chaud, avec du sucre.

MADAME POCHET.

Ah! faut du sucre ? (A part.) Bah ! ça ira bien avec de la castonnade.

MADAME CACAO.

Vous donnez avec ça des petits gâteaux.

MADAME POCHET.

Ah ! faut des petits gâteaux ?

MADAME CACAO.

Ou du pain rôti...

MADAME POCHET, à part.

Je leux ferai rôtir du pain.

MADAME CACAO.

Et du beurre bien frais.

MADAME POCHET.

Bon, bon ! je tripoterai ça comme il faut. Monsieur François, je suis t-y-pesée ?

MADAME CACAO, prenant le cornet des mains de François.

Voilà... Flairez-moi ça...

MADAME POCHET.

Ah ! la drôle d'odeur que ça vous a ! ça sent comme chez l'arbolisse.

(Elle marche à reculons en parlant à l'épicière. Un garçon pâtissier entre, portant une corbeille de pâtisseries sur sa tête ; il marche à reculons en parlant à la cantonade.)

LE GARÇON PATISSIER.

C'est bon, porte-toi bien ! quand tu voudras me voir...

(Il vient se cogner contre madame Pochet, dont le cornet de thé saute des mains ; les gâteaux tombent dans la rue, la corbeille du pâtissier sur le pot de la laitière, qu'il renverse. Madame Pochet ramasse son thé qu'elle remet dans le cornet.)

MADAME POCHET, MADAME CACAO, MADAME BON-VIVANT.

Air de la Dame Blanche.

Vous avez fait d' la belle ouvrage,

Par terre voilà { son / mon } cornet.

Par terre voilà le pot au lait ;
Voilà, sur ma foi , les gâteaux au pillage,
Qu'est-ce qui paiera le déchet !

VOISINS et VOISINES, entrant et les entourant.

Quel pillage,
Quel tapage,
Dans le voisinage !
Que de bruit , mam' Pochet,
Pour ce p'tit cornet,
Et pour un pot au lait !
Qu'est-ce qui paiera le déchet ?

(Tableau.)

ACTE SECOND.

L'arrière-boutique de madame Gibou ; deux chaises, une table, porte au fond, portes à droite et à gauche.

SCÈNE I.

PALMYRE, appelant.

Mame Gibou ? mame Gibou? Tiens, personne? où sont-ils donc tous? ah ! dame, un lendemain de noce... C'est pourtant bien drôle que cette Adèle se soit décidée comme ça à se marier ; car enfin elle avait une inclination, un beau jeune homme dont elle m'a parlé souvent... monsieur Alfred ; je ne l'ai jamais vu, mais je doute qu'il soit aussi bien que mon Adolphe ; elle n'a pas épousé le sien. moi, j'ai un autre système : je veux être fidèle ; nous verrons si ça me réussira. Mais je crois que j'entends madame Gibou ? oui, elle parle làdedans ; la drôle de femme que cette madame

Gibou ! elle va me dire quelques bêtises, c'est
sûr ! elle a si mauvais ton ! vrai, je ne sais pas
pourquoi nous la fréquentons.

SCÈNE II.

PALMYRE ; Mme GIBOU, en camisole, entrant
par la porte à droite ; elle porte sur une assiette une
grande tasse, avec une rôtie.

MADAME GIBOU.

La ! v'là queuq' chose d'restaurant pour c'te
pauvre chatte, un' rôtie au vin et au sucre !

(Elle pose la tasse sur une table.)

PALMYRE.

Du vin et du sucre pour une chatte ! est-ce
que vous êtes folle, mame Gibou ?

MADAME GIBOU.

Tiens ! c'est vous, ma petite ! folle vous-
même ! c'est pour ma fille, c'te pauvr' mère ;
v'là juste comme j'étais l'jour du lenredemain
d'la nuit de ma noce avec ce pauvre Gibou.

AIR : Une robe légère.

J'avais un' rob' légère
D'une entière blancheur,
Un' figur' de bergère
D'une entière fraicheur.
Pour m' causer des surprises,
Et s' montrer-t-agaçant,
On m' disait mille bêtises,
J'en répondais-t-autant.

PALMYRE.

Est-ce qu'Adèle n'est pas encore levée ?

MADAME GIBOU.

Est-ce qu'une demande comme ça se demande ? C'te jeunesse qui se trouve pour la première fois exposée à connaitre les inconsé-
quences d'un époux. Ah ! Dieu ! comm' j'étais-
t-agitée quand je me retira des bras caressants
de Gibou ! J'en ai eu un mal à la tête toute la
journée, même qu'au lenredemain que les garçons d'la noce nous ont rendu, que j'étais
agacée, j'étais agitée... j'aurais bien pu avoir
des attaques de nerfs.

PALMYRE.

Je vous crois, madame Gibou.

MADAME GIBOU.

Et vous, mam'selle Palmyre, quand donc
que vous f'rez comme mon Adèle, et qu' vous
vous unirez à un homme ?

PALMYRE.

J'ai le temps ! je suis plus jeune que votre
fille.

MADAME GIBOU.

Pas déja tant : vot' mère et moi nous étions
contemporaines du même quartier.

PALMYRE.

C'est pour ça... mame Gibou, je viens d'la
part de ma mère et de la mienne vous inviter
pour ce soir.

MADAME GIBOU.

M'inviter ! z-à quoi ?

PALMYRE.

A une soirée ! nous recevons du monde et
nous donnons un thé.

MADAME GIBOU.

Z-un thé ?

PALMYRE.

C'est le grand genre.

MADAME GIBOU.

Tiens, ça s'ra drôle, des petites gens comme
nous, de donner dans l' grand genre !

PALMYRE.

Eh bien ! pourquoi donc pas ? je ne ferai pas
comme vot' fille, qui s'est contentée d'un petit
coquetier ?

MADAME GIBOU.

Ma fille prend c' que sa mère y donne.

PALMYRE.

Eh bien ! moi, je prendrai ce qui me con-
viendra.

MADAME GIBOU.

Prenez, mon enfant, prenez si vous pouvez ;
on n'a pas toujours le choix.

SCÈNE III.

PALMYRE ; LECOQ, entrant par la porte à gauche ; il a un bonnet de coton entouré d'un ruban jaune,
avec bouffette ; Mme GIBOU.

LECOQ, passant sa veste.

Eh bien ! belle-maman, vous oubliez mon
Adèle ?

MADAME GIBOU.

Non, mon gendre ; voilà sa rôtie au sucre
que j'allais lui porter ; mais, puisque vous v'là,
mon ami, dites-moi, êtes-vous bien content ?

LECOQ.

Ah ! belle-maman, je suis le plus heureux des
hommes ! et...

MADAME GIBOU, l'interrompant avec pudeur.

En v'là assez ; vous parlez juste comme feu
mon pauvr' Gibou, le lenredemain de not' mariage.

LECOQ.

Je l'crois, belle-maman.

MADAME GIBOU.

Et ma fille ?

LECOQ.

Oh ! belle-maman...

MADAME GIBOU, l'interrompant.

En v'là assez ! en v'là assez !

LECOQ.

Nous sommes comm' deux cœurs ; moi, je
l'appelle ma Bichette, et elle m'appelle son Bichon.

MADAME GIBOU.

Ah ! que vous me faites plaisir de me dir' ça !
moi, j'appelais Gibou, mon Lapin, et il m'ap-

pelait sa petite Caille ! j'étais si grasse dans c'
temps-là ! J'étais rondelette...

PALMYRE.

Vous êtes encore pas mal dodue comm' ça.

MADAME GIBOU.

Et pas de corset !

PALMYRE.

Je vous laisse avec M. Bichon. (A part.) Leur
bonheur me fait bisquer. (Haut.) A ce soir,
mame Gibou, ainsi que le marié et la mariée...
Monsieur Lecocq, je vous souhaite toute sorte
de félicité... (A part.) Est-il farce avec son bonnet de coton et sa rosette ! (Elle rit.) Adieu,
monsieur Bichon, bien des choses à madame
Bichette !

(Elle sort.)

SCÈNE IV.

LECOQ, Mᵐᵉ GIBOU.

LECOQ.

Qu'est-ce qu'elle a donc à rire en me r'gar-
dant ?

MADAME GIBOU.

Ne faites pas attention, mon gendre, elle est
vexée de votre bonheur.

LECOQ.

J'aime pas les femmes qui sont si ricanantes
que ça.

SCÈNE V.

LECOQ ; ADÈLE, en camisole blanche et bonnet
de nuit, entrant par la porte à gauche ; Mᵐᵉ GI-
BOU.

ADÈLE, entrant.

Eh bien, monsieur, vous m'oubliez donc ?

LECOQ.

Ah ! te voilà, Bichette !

MADAME GIBOU, avec sentiment.

Ma fille, tu ne viens pas te jeter dans les bras
de ta mère ?

ADÈLE, se jetant dans ses bras d'un air ému.

Bonjour, maman.

MADAME GIBOU, l'apaisant.

Je ne te dis pas le contraire... sois donc rai-
sonnable ! il dit que t'es ben heureuse ?

ADÈLE.

C'est un méchant !

LECOQ.

Moi, méchant ? Ah ! non, belle-maman, je...

MADAME GIBOU.

En v'là assez ! Allons, prends ta rôtie au sucre. (Adèle s'assied à la table.) Et quant à vous,
mon gendre, mettez-vous sur votre trente-qua-
tre, et nous irons voir les bêtes au jardin des
Plantes... nous dînerons par-là, nous mange-
rons une salade avec des œufs rouges, et après
nous rabattrons chez la voisine qui nous donne
une soirée avec des rafraîchiss'ments.

LECOQ.

Ça s'ra une journée d' plaisir.

MADAME GIBOU.

Il n'y a pas d' bonn' fête sans lenredemain ;
mais, après-demain, ça s'ra l' ménage, toi la
vente des poulets et des pigeons... puis, vien-
dront les mioches, les mois de nourrice ; et, si
vous avez une fille, il faudra la marier, comme
v'là que j' marie mon Adèle.

ADÈLE.

Eh ben ! maman, comm' vot' mère vous a
mariée.

MADAME GIBOU.

Oui, mais Gibou ne lui a pas demandé de
dot ; il m'a prise, comme il disait, l' pauvr' cher
homme, pour mes qualités personnelles et mes
graces individuelles.

LECOQ.

Pourquoi donc que j' prends ma Bichette ?
Allez-vous pas me parler de sa dot ! je n' l'ai pas
encore touchée.

ADÈLE, se levant*.

Eh ben ! après ? quand vous ne la toucheriez
pas, est-ce que vous n'êtes pas déjà bien heureux de m'avoir ?

LECOQ.

Je ne dis pas, ma Bichette ; mais...

ADÈLE, en colère.

Mais vous êtes un cornichon.

MADAME GIBOU.

Ma fille, cornichon est bien-n-hasardé pour
le premier jour.

LECOQ, avec dignité.

Fille d'une fruitière, ménagez vos expres-
sions

ADÈLE, pleurant.

Je suis bien malheureuse d'avoir épousé un
homme qui ne m'a prise que par intérêt.

LECOQ **.

Adèle !

ADÈLE.

Laissez-moi.

LECOQ.

Mon épouse !

ADÈLE.

Taisez-vous.

LECOQ.

Ma Bichette !

ADÈLE.

Non ! je ne suis plus votre Bichette.

MADAME GIBOU, en colère.

Ah ! le vilain homme ! traiter ma fille comm'
ça dès le lenredemain de ses noces ! Ah ! mon
pauvre Gibou, ça n'est pas comme ça qu'tu
te conduisais envers ton épouse : tu étais tout
respect, tout amour ! toute fidélité, toute constance !

LECOQ.

Mais, belle-maman je suis tout amour aussi.

* Lecoq, madame Gibou, Adèle.
** Madame Gibou, Lecoq, Adèle.

ADÈLE.

Vous me reprochez ma fortune...

LECOQ, pleurant.

Ma petite femme! mon amour! ma chérie!
pardonne-moi! tiens, me voilà à tes genoux!

(Il s'y met.)

MADAME GIBOU.

Dieu! que c'est attendrissant! Voyons,
Adèle, pardonne-s-y, parc'que ça finit par être
embêtant.

ADÈLE.

Air des Fatigues du Voyage (Tony).

Vous l'voulez, je lui pardonne,
Mais c'est pour vous fair' plaisir.

LECOQ.

Mon Dieu! que ma femme est bonne,
Et comme j'dois la chérir!

(Il l'embrasse.)

MADAME GIBOU.

C'est absolument l'image
De moi-z-et d'mon pauvr' Gibou :
Dès que j'criais dans l'ménage,
Y v'nait se pendre à mon cou!

ENSEMBLE.

MADAME GIBOU.

Vous tâch'rez d'être l'image
De moi-z-et d'mon pauvr' Gibou;
Quand ell' criera dans l'ménage,
Tu t'pendras vite à son cou.

ADÈLE et LECOQ.

Nous tâch'rons d'être l'image
D'maman et d'papa Gibou;
Dès que j'crierai ⎱
Dès qu'elle criera ⎰ dans le ménage,
⎧ Tu t'pendras vite à mon cou.
⎩ Je m'pendrai vite à ton cou.

MADAME GIBOU.

Allez vous habiller, mon gendre, et mettez
un faux col.

(Lecoq sort à gauche.)

SCÈNE VI.

Mme GIBOU, ADÈLE.

MADAME GIBOU.

Prends garde ; vois-tu, Adèle, il faut pas le
tarabusquer comme ça dans les commence-
ments.

ADÈLE.

Au contraire, maman, c'est pour lui faire le
caractère.

MADAME GIBOU.

Est-elle maligne! tu tiens bien de ta mère.
Aime bien ton mari, mais n'oublie pas ta mère,
ta mère, qui t'a portée dans son sein.

(Elle l'embrasse et sort à droite.)

SCÈNE VII.

ADÈLE, seule.

Ils disent que je suis heureuse! v'là encore un
joli bonheur! un mari qu'est bête comme tout,
et qu'est d'un mauvais ton : il met son habit d'
garde national le dimanche pour me mener pro-
mener! Ah! Alfred' Alfred! si je n'avais pas
été un mois sans vous voir!...

SCÈNE VIII.

THOMAS, sous le nom d'ALFRED ; ADÈLE.

ALFRED, en dehors.

À la boutique!

ADÈLE, criant.

On y va! — Que c'est dur de répondre comm'
ça à la pratique! avec Alfred, j'aurais été...

ALFRED, en dehors.

À la boutique!

ADÈLE, criant.

On y va, qu'on vous dit!

ALFRED, entrant.

Vous êtes seule, Adèle?

ADÈLE.

Dieu! ah! vous voilà, monsieur Alfred! d'où
venez-vous, depuis un mois que je ne vous ai
vu ?

ALFRED.

Adèle, ne me grondez pas, j'ai été obligé de
faire un voyage.

ADÈLE.

Oui, à Saint-Cloud, à Montmorency, sur
des ânes, avec des demoiselles... je vous connais.

ALFRED.

Du tout, Adèle ; sortez de l'erreur fatale où
vous êtes plongée : des soins plus impérieux...
ont réclamé mes loisirs.

Air : C'était au fond d'un vert bocage (LA Chercheuse
D'Esprit).

Il fallait bien que je prévinsse
De cette affaire mes parents :
C'est pour cela qu'en ma province
J'ai voulu passer quelque temps !
Toute ma famille chérie,
Pour notre noce, douce amie,
Devait ici venir exprès...

ADÈLE.

J'n'entends rien à tous ces apprêts.
Monsieur, d'abord on se marie,
Et la famille vient après.

D'ailleurs tout ça c'est des prétextes ! vous
êtes un traître, un infidèle.

ALFRED.

Mais non, Adèle!

ADÉLE.

Dieu! que les femmes sont malheureuses de s'attacher! vous m'avez oubliée... vous ne m'aimez plus!

ALFRED.

Adèle, je reviens pour ne plus vous quitter; je viens vous offrir ma main.

ADÉLE.

Votre main, perfide!

ALFRED.

Voilà comme vous me recevez?

ADÉLE.

Mon Dieu! que les hommes sont trompeurs, volages, inconstants!

ALFRED.

Puisque je viens...

ADÉLE.

Vous êtes un monstre!

ALFRED.

Vous offrir ma foi...

ADÉLE.

Il est trop tard.

ALFRED.

Pourquoi?

ADÉLE.

Je suis mariée!

ALFRED.

Mariée!

ADÉLE.

D'hier.

ALFRED.

Par exemple! et vous m'appelez trompeur, volage, inconstant, quand c'est vous!...

ADÉLE.

Moi!

ALFRED.

Mais dame! je vous le demande; il est fort, celui-là!

ADÉLE.

Je suis mariée; mais c'est votre faute.

ALFRED.

Vous verrez que c'est moi qui ai tort!

ADÉLE.

Être un mois sans venir!

ALFRED.

Vous ne pouviez pas être fidèle six semaines?

ADÉLE.

C'est un siècle, quand on aime.

ALFRED, jouant le désespoir.

Adèle, vous venez de me donner un coup de poignard... Tu m'as fait bien mal, Adèle!... tu me renvoies donc?

ADÉLE.

Vous connaissez les devoirs d'une épouse.

ALFRED.

Il faut donc nous faire nos adieux; permettez-moi de vous embrasser (Adèle recule effrayée.) pour la dernière fois.

ADÉLE.

Pour la dernière!

(Elle s'avance, Alfred l'embrasse.)

SCÈNE IX.

ALFRED, Mme GIBOU, ADÈLE.

MADAME GIBOU.

Ah! qu'est-ce que je vois?

ADÉLE.

Ma mère!... Ah!

MADAME GIBOU, criant.

Ah! grand brigand!

ALFRED, embarrassé.

Madame...

MADAME GIBOU.

Ah! tu viendras séduire les femmes, les embrasser!

SCÈNE X.

LECOQ*, ALFRED, Mme GIBOU, ADÈLE.

LECOQ, qui entend les derniers mots.

Séduire les femmes, les embrasser?

ADÉLE.

Ah!

MADAME GIBOU, bas à Adèle.

Paix! ne dis rien... je sauve ta réputation. (Haut.) Oui, mon gendre, oui, vous voyez devant vous un séducteur, qui est venu me faire des propositions d'amour, à moi!

TOUS, différemment

Ciel!

LECOQ.

Ciel! à belle-maman!

MADAME GIBOU.

Oui, à moi-même; il a voulu m'embrasser. (A Alfred.) Jeune imprudent que tu es, sais-tu à quoi tu t'exposes?

ENSEMBLE.

Air d'un morceau de la Dame Blanche

MADAME GIBOU et ADÈLE.

Il n'y peut rien comprendre;
Une mère bien tendre
Sauv' sa fille avant tout:
Je serai ta }
Vous serez ma } mèr' jusqu'au bout.

LECOQ.

Je n'y puis rien comprendre,
Il a donc le cœur bien tendre;
Aimer madam' Gibou...
Ce jeune homme est donc fou!

MADAME GIBOU.

De m'embrasser oser s'permettre!

LECOQ.

Quoi, l'embrasser! ah! c'est trop fort!

ALFRED, bas à madame Gibou, la prenant par la taille.

Comm' vot' bonté se fait ici connaître!

---

* Il a une serviette autour du cou, et tient à la main une soucoupe et une savonnette. Il a le menton savonné comme pour se raser.

MADAME GIBOU, se défendant.

Allez-vous r'commencer encor?...

ENSEMBLE.

MADAME GIBOU.

O ciel, protège mon Adèle!
Qu'à son époux ell' gard' sa foi.
Chasse donc le trompeur loin d'elle;
S'il ose essayer c'que je croi,
Qu'son amour ne tomb' que sur moi!

ADÈLE.

O ciel! protège son Adèle!

Qu'elle suive toujours sa loi;
Qu'à mon époux je sois fidèle;
Et si je lui manque de foi,
Qu'ses soupçons n'tombent pas sur **moi**!

LECOQ.

O ciel! protég' cett' femm' fidèle;
Que son époux seul ait sa foi:
Chasse le séducteur loin d'elle:
S'il brave l'hymen et sa loi,
Il n'doit avoir affair' qu'à moi!

(Lecoq emmène Adèle, madame Gibou renvoie Alfred.)

(Tableau.)

ACTE TROISIÈME.

La chambre de madame Pochet; cheminée et porte à droite, porte au fond, porte à gauche, dix chaises dépareillées, une table, une bergère couverte d'une housse; à gauche, près de la cheminée, une armoire pleine de vaisselle; sur la cheminée, deux chandelles allumées, un pot à l'eau et des tasses dépareillées; dans la cheminée, une marmite ou espèce de daubière.

SCÈNE I.

PALMYRE; ADÈLE, entrant du fond.

PALMYRE.

C'est bien gentil à toi d'être venue de bonne heure, ça fait que nous aurons le temps de causer avant que la société n'arrive.

ADÈLE.

J'ai bien du plaisir à me trouver seule avec toi; car depuis hier toute cette noce *me scie le dos!* madame la mariée par-ci, madame la mariée par-là... et mon mari qui ne me quitte pas d'un instant... viens donc, ma Bichette! embrasse-moi donc, ma Bichette!... c'est *tannant!*

PALMYRE.

Mais dis-moi donc comment ce mariage s'est fait; il me semblait que tu m'avais dit que tu aimais un beau jeune homme?

ADÈLE.

Mon Dieu oui! et ce qu'il y a de terrible, c'est que je l'ai retrouvé ce matin: il m'est revenu après un mois d'absence.

PALMYRE.

Et il t'a trouvée mariée!

ADÈLE.

C'est ce qui me fait de la peine, parceque celui-là avait une tournure! des hanches comme une demoiselle: ça n'est pas comme mon mari qui est tout d'une venue... il a des petites moustaches et de la barbe sous le menton comme un homme des bois... à la mode, enfin!

PALMYRE.

Eh bien! moi, je ne ferai pas comme toi: j'en ai des prétendus à revendre, j'en ai une quantité, et je choisirai la qualité qu'il me faut.

ADÈLE.

On est joliment trompée là-dessus, va.

AIR: Je voulais bien (de FRA DIAVOLO).

Tu verras ça,
Toi qu'es encore demoiselle;
On croit qu'c'est un' chose bien belle
Que le mari qu'on vous donn'ra.
Tu verras ça!
On vous dit que dans vot' ménage
Le bonheur s'ra votre partage,
Et que rien ne vous manquera.
Tu verras ça!

PALMYRE.

Je verrai ça!
Tu sais que j'ai du caractère;
Rien n'est encore fait, ma chère,
Et malgré tout ce qu'on dira,
Je verrai ça.
Souvent j'interroge ma mère;
Ell' me dit que c'est un mystère:
Mais enfin quand on m'épous'ra...
Je verrai ça!

MADAME POCHET, en dehors.

Palmyre?

PALMYRE, criant.

De quoi, maman?

MADAME POCHET, en dehors.

Oùsque t'as donc mis la clef de l'ormoire à la vaisselle, pour que je prenne le grand peigneux?

PALMYRE, criant.

Vous ne savez jamais ce que vous faites de rien! J'y vas. (En sortant.) Attends-moi, Adèle.

(Elle sort.)

SCÈNE II.

ADÈLE, seule.

Ah! si j'avais su qu'Alfred m'aimait toujours,

je n'aurais jamais été madame Lecoq. Je suis trop sentimentale aussi ; mais M. Lecoq n'a qu'à bien s'tenir ! Ce pauvre Alfred ! il va être malheureux toute sa vie, avec une passion comme il en a une pour moi.

SCÈNE III.

THOMAS, ADÈLE.

THOMAS, en entrant.

J'arrive de bonne heure pour trouver Palmyre toute seule... Dieu ! Adèle.

ADÈLE.

Vous ici, monsieur Alfred ! et qu'est-c' que vous y venez faire ? vous me poursuivrez donc par-tout ?

THOMAS.

Non, Adèle, ce n'est pas vous que je cherchais...

ADÈLE.

Si, monsieur, et vous me rendez la plus malheureuse des femmes ! Apprenez que j'aime mon mari, que je connais mes devoirs et que je n'y manquerai jamais.

THOMAS.

Mon intention n'est pas de vous y faire manquer.

ADÈLE.

Vous ne me ferez pas croire ça ; je connais les hommes, ils ne cherchent qu'à abuser de l'ascendant qu'ils ont sur nous.

THOMAS.

Du tout, Adèle : vous êtes mariée, je dois vous respecter.

ADÈLE.

Vous le dites, mais je n'en crois rien. Ah ! Alfred, vous êtes bien méchant.

THOMAS, à part.

Est-elle entêtée, donc !

SCÈNE IV.

PALMYRE, THOMAS, ADÈLE.

PALMYRE, entrant et apercevant Thomas.

Un jeune homme ici ! (Le reconnaissant.) Ah ! c'est vous, monsieur Adolphe ?

THOMAS, à part.

Je suis pincé.

ADÈLE.

Qu'appelles-tu monsieur Adolphe..... c'est monsieur Alfred !

PALMYRE.

Alfred ?

ADÈLE.

C'est lui que je te disais qu'il m'aimait.

PALMYRE.

C'est lui qui me fait la cour depuis deux mois.

ADÈLE.

Ah ! je me trouve mal...

PALMYRE.

Ah ! je m'évanouis...

(Elles tombent chacune sur une chaise.)

THOMAS.

Toutes deux à-la-fois ! laquelle secourir ?

JOSSE, en dehors

La porte en face de l'escalier ? merci, madame ! je vois ça d'ici.

THOMAS.

La voix de mon père !... en voilà bien d'une autre ! où me fourrer ? dans ce cabinet.

(Il se jette dans le cabinet à gauche.)

SCÈNE V.

ADÈLE et PALMYRE, évanouies ; JOSSE, au milieu.

JOSSE.

Elle niche un peu haut, la maman Pochet... Ah ! mon Dieu ! qu'est-ce que je vois ! deux femmes qui ont l'air asphyxiées ; il n'y a pourtant pas de charbon... deux jeunesses... (Il leur tape dans la main l'une après l'autre.) Mam'selle ! mam'selle ! S'il y avait là un pot à l'eau !

(Il va prendre un pot à l'eau sur la cheminée.)

ADÈLE et PALMYRE, se levant brusquement, tombent sur M. Josse à coups de poing.

En voilà... en voilà !...

AIR de Fernand Cortez

Ah ! séducteur,
Trompeur !
Ton cœur
Toutes deux nous abuse !
Ah ! séducteur !
Trompeur,
Redoute not' fureur !

JOSSE.

Mais dit's-moi donc de quel crime on m'accuse !

ADÈLE et PALMYRE, le regardant.

Ce n'est pas lui ; Dieu ! quel événement !
Alors, monsieur, nous vous d'mandons excuse :
Nous vous prenions pour un jeune homme char-
Courons après l' trompeur　　　　　[mant !
Qui tout's les deux nous abuse !
Ah ! séducteur, etc.

(Elles s'enfuient par la porte du fond.)

SCÈNE VI.

JOSSE, stupéfait.

En voilà une sévère, par exemple ! Si c'est pour ça que madame Pochet m'a invité ! Je viens pour prendre du thé, et l'on me donne des calottes ! (Regardant l'appartement.) Eh ! ce n'est pas trop cossu chez madame Pochet ; il paraîtrait qu'elle n'a pas fait fortune... c'est comme sa figure... elle n'a pas rajeuni non plus.

Quand je vois des vieilles femmes qui ont été
jeunes, je ne peux jamais me mettre dans l'idée
que j'en ai été amoureux.

SCÈNE VII.

JOSSE, Mme POCHET.

MADAME POCHET, en dehors.

Attendez - moi, je vais revenir, nous ferons
le thé ensemble... (Elle entre par la porte à droite.)
Tiens, vous v'là déja, monsieur Josse?

JOSSE.

J'avais de l'argent à toucher dans le quartier,
il n'était pas tout-à-fait l'heure... alors j'ai dit :
Je vais monter une minute chez la petite Frémillion.

MADAME POCHET.

Mon nom d' jeune personne! ça me fait plaisir à entendre!

JOSSE.

Par exemple, je ne savais pas que c'était si
haut.

MADAME POCHET.

Bah! quand j'étais demoiselle, vous ne vous
plaigniez pas de ça.

JOSSE.

Autre temps, autres jambes.

MADAME POCHET.

Eh ben! allez toucher votr' argent, c'est des
choses qu'il ne faut jamais retarder... A propos!
elle est ici.

JOSSE.

Qui donc?

MADAME POCHET.

La petite Glandureau.

JOSSE.

Vrai!...

MADAME POCHET.

Oui, j' veux voir si elle vous r'connaiss'ra.
(Elle appelle.) Mame Gibou, venez donc par ici,
il y a un quequ'un qui veut vous parler... arrivez
donc...

SCÈNE VIII.

JOSSE, Mme POCHET, Mme GIBOU

MADAME GIBOU, entrant à droite.

Me v'là, me v'là; quoi qu'y n'y a? vous criez
comme si que le feu serait à la maison.

MADAME POCHET.

Venez, je veux vous faire voir quequ'un, si
vous le r'connaiss'rez.

MADAME GIBOU.

Qui donc? ce gros papa-là?

JOSSE.

Regardez-moi bien...

MADAME GIBOU.

Je vous regarde, mon cher ami, et je n' vous
r'connais pas

MADAME POCHET.

Vraiment? vot' cœur ne vous dit rien?

MADAME GIBOU.

Y n' me dit rien du tout.

MADAME POCHET.

Dieu!... moi, je ne suis pas comme vous...
quand j'ai-z-aimé quequ'un.

MADAME GIBOU.

Aimé!... J' n'ai jamais-t-aimé que des jolis
garçons.

JOSSE.

J'ai passé pour l'être.

MADAME GIBOU.

Alors, il y a long-temps, mon brave homme.

JOSSE.

Du temps que vous étiez jolie fille.

MADAME GIBOU.

Ce malhonnête!... un' jolie fille peut devenir
jolie femme.

JOSSE.

Je ne dis pas non.

MADAME POCHET, riant.

Sont-ils drôles, donc? ils vont s' dire des
sottises; voyons, il faut donc vous mettre le
nez dessus, madame Gibou? Est-ce que vous
ne vous ressouv'nez plus de ce petit Symphorien
qui faisait la cour à toutes les demoiselles du
quartier?

MADAME GIBOU.

Symphorien Josse! est-y Dieu possible! il
était si mignon!

JOSSE.

Eh bien! c'est moi, ma mignonne!

MADAME GIBOU.

Vous êtes un fier monstre, mon bon ami!
passer tant de temps que ça sans nous donner
de vos nouvelles! Quand j'ai vu que je ne vous
voyais plus, j'ai-t-y pleuré... j'ai-t-y versé des
larmes! Ah! guerdin d'homme! la nuit je m' ré-
veillais en soubresaut, que j' criais... « Reviens,
« t-infidèle! reviens aux pieds de ton amante! »
et ça réveillait ma mère, qui me donnait des
danses à faire frémir.

MADAME POCHET.

On en rit à présent!...

MADAME GIBOU.

C'est ce qu'on peut faire de mieux.

JOSSE.

Tout ça est passé, mais ça fait plaisir de se
ressouvenir de son jeune temps.

SCÈNE IX.

LES MÊMES, THOMAS.

THOMAS, à part, entr'ouvrant la porte du cabinet.

Voilà bien long-temps que mon père cause
avec ces deux vieilles sibylles! qu'est-ce qu'ils
peuvent se dire?

MADAME GIBOU.

Nous étions bien aimables.

MADAME POCHET.

Vous aviez une figure chiffonnée ; moi, j'é-
tais plus régulière.

MADAME GIBOU.

Vous plaisiez à la première abord !... moi, on
avait d' la peine à s' faire à ma physionomie ;
mais, après ça, je faisais des passions...

MADAME POCHET.

Moi, j'étais-t-étourdie !

MADAME GIBOU.

Pas moi. Savez-vous qu'il y a un jeune homme
qui a voulu se périr pour moi ? heureusement
que son pistolet a raté.

THOMAS, à part.

C'est bien heureux.

JOSSE.

Nous avons toujours bien fait enrager nos
parents.

THOMAS, à part.

C'est bon à savoir, ça.

JOSSE *.

Vous ressouvenez-vous un jour que vous
m'aviez invité à venir manger des marrons ? A
peine si nous en avions mangé chacun un demi-
cent, que j'entends la mère Glandureau qui
monte les escaliers...

MADAME GIBOU.

Oui ! Dieu ! que j'ai évu peur ! je vous ai ca-
ché sous un tas de fagots !

JOSSE, riant.

Et une servante qui est venue chercher un
cotret, et qui me tirait par la jambe.

MADAME GIBOU.

Ah ! si nos enfants nous faisaient des tours
comme ça !

JOSSE.

Ils ne s'en douteront jamais.

THOMAS, à part.

Non, c'est le chat !

JOSSE.

Ah çà, je vous quitte un moment, je vais
chercher mon argent.

MADAME POCHET.

Eh bien ! on s'en va comme ça ?...

MADAME GIBOU.

On vous permet de nous dérober un baiser...
(Il l'embrasse.) Et de l'autre côté... (Il l'embrasse
sur l'autre joue.) En v'là assez.

MADAME POCHET.

Vous ne vous le faisiez pas demander dans le
temps.

(Il l'embrasse.)

JOSSE, à part.

Ça m'apprendra à faire le gentil ! Sont-elles
laides !

(Il sort.)

* Thomas, dans le cabinet ; madame Pochet, Josse,
madame Gibou.

MADAME POCHET.

Il est toujours honnête.

MADAME GIBOU.

Oui, il est bien aimable.

SCÈNE X.

Mᵐᵉ GIBOU, Mᵐᵉ POCHET.

MADAME GIBOU.

Ah çà, v'là l'heure oùsque la société va-t-ar-
river.

MADAME POCHET.

Savez-vous faire du thé, vous, mame Gibou ?

(Elles apportent la table devant la cheminée.)

MADAME GIBOU.

Ma foi, non ; j' n'en ai jamais mangé.

MADAME POCHET.

C'est un fricot anglais ; ils donnent un thé,
comme nous faisons un réveillon.

MADAME GIBOU.

C'est bon ! si vous voulez me dire ce qu'il y a-
z-à faire, je vas vous donner un coup d' main.

MADAME POCHET.

V'là mon huguenotte d'eau bouillante qui
bout ; j'y ai jeté les petites crottes noires que
l'épicière m'a données : faut goûter voir si ça a
du goût.

(Elle apporte la marmite sur la table.)

MADAME GIBOU.

Donnez-moi-z-en dans une tasse ; ah ! une
plus grande que ça, pour bien y goûter.

MADAME POCHET.

V'là ma tasse à café du matin, je vas vous en
verser avec la cuiller à pot.

MADAME GIBOU, buvant.

Ah ! Dieu ! comme c'est fade !

MADAME POCHET, goûtant dans la cuiller à pot.

Oui ! ça ne sent rien... y a pourtant là-dedans
six sous de thé et un cornet d' castonnade.

MADAME GIBOU, rejetant le reste de la tasse dans la
marmite.

Mais voyez donc ! si nous n'y avions pas
goûté, vous leur-z-auriez donné ça, vous leur-
z-auriez fait boire de l'eau chaude.

MADAME POCHET.

Qu'est-ce qu'on pourrait bien y r'mettre ?

MADAME GIBOU.

Voyons ! un p'tit filet d'huile et de vinaigre
avec un petit brin de poivre et de sel.

MADAME POCHET, prenant l'huilier dans l'armoire.

Vous avez, ma foi, raison... on en met bien
dans la vinaigrette.

MADAME GIBOU.

La ! goûtons-y à c'te heure ! ça vous semble-
t-y meilleur ?

MADAME POCHET.

Ça a plus de goût ; mais ça n'est pas encor'
bon.

MADAME GIBOU.

Eh bien! moi, j'y joindrais un ou deux jaunes d'œufs, comme dans un' liaison.

MADAME POCHET.

Aussitôt dit, aussitôt fait, tocq! tout y pass'ra, le blanc et l' jaune.

MADAME GIBOU.

A vot' place, j'y ferais infuser une bonne gousse d'ail, pour chasser la mauvaise air.

MADAME POCHET.

Un' gousse d'ail; vous avez raison, à cause du *Scélérat-Morbus*. Qu'est-ce que nous y mettrions encore bien?... (Elles réfléchissent et prennent une prise de tabac au-dessus de la marmite.) Ça n'épaissit pas. Ah! j'ai dé la farine! (Elle en verse un sac.) A c'te heure, ça doit être un fricot des dieux!... ah! dites donc, v'là un petit peu d'eau-de-vie... Oui. (Elles goûtent à même la fiole.) Ça fera comme une espèce de *ponge*.

MADAME GIBOU.

Faudrait bien battre, bien battre le tout, et laisser reposer comme un marc de café.

MADAME POCHET.

Et puis laisser jeter un bouillon. Ah! Dieu! j'entends le monde qui monte!

(Elle remet la marmite dans la cheminée*.)

SCÈNE XI.

Mᵐᵉ GIBOU, Mᵐᵉ POCHET, M. JOSSE, Mᵐᵉ CACAO, son Cousin, un Joueur de FLAGEOLET, entrant successivement.

PALMYRE, entrant.

V'là la mariée!

MADAME POCHET.

Il faut la recevoir en cérimonie; rangeons-nous tous en cortége.

(Tous se rangent sur une ligne à droite.)

SCÈNE XII.

ADÈLE; LECOQ présente sa femme à la société, tout le monde fait des révérences.

CHOEUR.

AIR de la Marche de Marie.

La voilà! Dieu! qu'elle est bien!
En voyant sa mise jolie,
Sa fraîcheur et son maintien,
De s'marier ça donne envie!

TOUS.

Bonsoir, madame la mariée!

MADAME GIBOU.

Laissez donc cette jeune femme... vous la faites rougir...

ADÈLE, pleurant et se jetant dans les bras de sa mère.

Maman!...

On doit alors en substituer une où on aura mis quelque chose que les acteurs puissent boire dans la scène suivante.

MADAME GIBOU.

La... v'là qu'elles la font pleurer, à c'te heure.. Dieu! que vous êtes bêtes!...

MADAME POCHET.

Ça ne sera rien, c'est un nuage. Ah çà, pendant que le thé se fait, faut nous amuser, c'est une soirée dansante.

MADAME GIBOU.

Eh ben! dansons; vous ressouvenez-vous quand nous dansions chez Luquet? Allons, p'tit voisin, la musique.

THOMAS, dans le cabinet.

Il faut que je voie danser mon père.

(Il prend la bergère. Pendant la danse, Palmyre fait des signes d'intelligence avec lui. A la fin de la danse, tout le monde entoure les danseurs; Thomas sort du cabinet, affublé de la housse de la bergère et s'assied sur un tabouret; Palmyre l'aide à s'y placer.)

(Pas de trois burlesque, dansé par Josse, mesdames Gibou et Pochet.)

TOUS.

Bravo! bravo!

MADAME GIBOU, s'asseyant sur la bergère figurée par Thomas, qui fait plusieurs lazzis.

Ah! je n'en peux plus. Eh bien! qu'est-c' qu'all' a donc, vot' bergère? all' n'est pas calée, elle dandine comme tout...

(Elle se lève.)

LECOQ, s'y plaçant.

Bah! voyons donc!... (Thomas le pince.) Ah! là là, il y a des aiguilles dans l' coussin.

(Adèle et Palmyre apportent une table toute servie.)

MADAME POCHET.

V'là le régal à présent; nous y r'viendrons tant qu' nous voudrons... y en a encore dans la marmite.

MADAME GIBOU.

Il est soigné, car nous l'avons fait à nous deux.

MADAME POCHET.

Il faut boire à la santé de la mariée; tout le monde ensemble.

TOUS.

A la santé de la mariée! (Ils portent les tasses à leurs lèvres.) Pouah! pouah!...

(Tout le monde crie avec dégoût.)

AIR: Cœur de Félix.

Ah! qu'est-c' que c'est que ça? (*bis*.)
Dieu! quel goût ça vous a!
Ce thé-là,
Je l'sens là...
Jamais n' passera!

MADAME POCHET, criant.

Fi, mame Cacao; c'est une infamie d' vendre du poison comme ça à des honnêtes gens.

MADAME CACAO, en colère.

Mais qu'est-c' que vous avez donc mis là-dedans?

MADAME POCHET.

Les p'tites ordures que vous m'avez vendues.

MADAME CACAO.

Mais vous y avez mis autre chose?

MADAME POCHET.

C'est mame Gibou qui m'y a fait mettre du sel, du poivre, de l'huile et du vinaigre.

MADAME GIBOU.

Oui ; mais c'est vous qui avez voulu y mettre de l'ail.

MADAME POCHET.

C'est vous qui m'y avez fait mettre de la farine.

TOUS.

C'est une infamie, une abomination.

MADAME GIBOU.

C'est vous qu'êtes cause que c'est devenu une ripopée.

MADAME POCHET, à madame Gibou.

Ripopée ! j'ai voulu vous rendre votre repas de noces.

MADAME GIBOU.

Vous êtes une insolente !

PALMYRE et ADÈLE.

Maman !

(Madame Gibou et madame Pochet sont prêtes à se prendre aux cheveux : elles restent en position, séparées par la bergère.)

THOMAS, se levant.

Arrêtez !

TOUS.

Ah! qu'est-c' que c'est que ça? (*bis.*)
La bergèr' qui s'en va !
Halte-là !
Halte-là !
Tout s'découvrira !

MADAME GIBOU et MADAME POCHET, effrayées, saisissent Thomas ; la housse leur reste dans les mains.

Que vois-je ?

LECOQ.

C'est vous, jeune homme ?

JOSSE.

Mon fils ! Que fais-tu ici, coquin ?

THOMAS.

Mon père, j'y prenais des leçons ; j'écoutais le récit de vos escapades de jeunesse...

JOSSE, bas.

Tais-toi. (Haut.) Madame Pochet, je vous présente mon fils dont je vous ai parlé.

MADAME POCHET, surprise.

Comment ! c'est vous ! vous n'êtes donc pas le fils d'un banquier ?

JOSSE, à son fils.

Je te pardonne tes escapades, à condition que tu vas te ranger, et épouser tout de suite mam'selle Pochet.

MADAME POCHET.

Voyons, ma fille ; ne fais ni une ni deux... épouse monsieur Josse le fils.

PALMYRE, soupirant.

Vous n'êtes plus Adolphe.

THOMAS.

Qu'est-ce que ça fait, je serai votre mari.

LECOQ, bas à Thomas.

Et ma belle-mère, mauvais sujet ?

MADAME GIBOU.

Taisez-vous donc, mon gendre. (A Thomas.) Il est bête comme une oie ; mariez-vous, nous n'en serons pas moins bons amis.

MADAME POCHET.

La noce dans un mois. Messieurs et dames, je vous y invite tous.

MADAME GIBOU.

J'espère qu'il n'y aura pas de thé ?

MADAME POCHET.

Il y aura un punch, et je le ferai toute seule.

TOUS

Air du chœur des Deux Nuits.

Ah! quel plaisir!
Encore un' fête!
Ah! quel plaisir! (*bis.*)
J'en perds la tête.
Quand le plaisir
Vient nous saisir,
Jamais (*bis.*) il ne devrait finir !

MADAME POCHET, au public.

Air du vaudeville du Baiser au Porteur

Messieurs, près de vous je réclame.
Elle est jalous' de mes attraits.
Vous devez protéger un' femme,
Puisque vous êt's des chev.. liers français. (*bis.*)

MADAME GIBOU, au public.

Pour me venger de ses attaques,
J'm'adresse à vous de bonne foi.
Ah! messieurs, donnez-lui des claques ;
Mais gardez-en queuqu' z-un' pour moi ! (*bis.*)

CHŒUR.

Ah! quel plaisir, etc.

FIN DE MADAME GIBOU ET MADAME POCHET.

Paris.— Imp. de DUBUISSON et Cie. Coq-Héron 5.

www.ingramcontent.com/pod-product-compliance
Lightning Source LLC
LaVergne TN
LVHW021908180726
843502LV00008B/2957